A LA CAZA DEL CUADRO ESCONDIDO
HOLA, WALLYFANÁTICOS, BIENVENIDOS A ¡A LA CAZA DEL CUADRO ESCONDIDO!, ALGO MÁS QUE UN LIBRO: ¡UNA AUTÉNTICA AVENTURA ARTÍSTICA! LA DIVERSIÓN EMPIEZA EN LA SIGUIENTE PÁGINA, DONDE ENCONTRARÁS EL EMBROLLO PICTÓRICO DE ODLAW Y SUS 30 ENORMES RETRATOS. ¡VAYA! ¡INCREÍBLE! OBSERVADLOS BIEN, SAGACES PESQUIARTISTAS, PORQUE LUEGO LOS ENCONTRARÉIS REPETIDOS A LO LARGO DEL LIBRO, AGAZAPADOS EN CUALQUIER PÁGINA... PERO SIN EL MARCO. NUESTRA BÚSQUEDA EMPIEZA EN LA EXPOSICIÓN 1 Y TERMINA EN LA 11, PANORAMA PIRATA. LOS 30 PERSONAJES PUEDEN APARECER EN CUALQUIERA DE LAS EXPOSICIONES: ¡PERO SÓLO UNA VEZ CADA UNO! ÉSTE ES EL RETO: DEBÉIS LOCALIZARLOS. HE DECIDIDO NO INCLUIR EN ESTA BÚSQUEDA LA ÚLTIMA ESCENA, LA GRAN EXPOSICIÓN DE RETRATOS: ASÍ PODRÉIS DISFRUTAR DE UN BIEN MERECIDO DESCANSO DESPUÉS DE TANTO INDAGAR. ¡SOIS UNOS ARTISTAS! Y AHORA, SABUESOS MUSEÍSTICOS, ADELANTE, NO OS ECHÉIS ATRÁS Y EXPONED VUESTRAS HABILIDADES EN ¡A LA CAZA DEL CUADRO ESCONDIDO!
WALLY
POR SUPUESTO, APARTE DE NUESTRO ARTÍSTICO JUEGO, ENCONTRARÉIS A CINCO INTRÉPIDOS PINTORES EN CADA ESCENA...
BUSCA A WALLY, EL GUÍA DE NUESTRO MUSEO, QUE VIAJA POR TODO EL MUNDO.
BUSCA A WOOF Y SU RABO A RAYAS (LO ÚNICO QUE VERÁS).
BUSCA A WENDA, QUE SACA FOTOS (PERO NO PINTA).
BUSCA AL MAGO BARBABLANCA, EL VIEJO MAESTRO, QUE CONOCE LOS MÁS COLORIDOS HECHIZOS.
BUSCA A ODLAW, QUE MERECERÍA ESTAR EN ALGÚN MUSEO DEDICADO A LOS GRANUJAS.
¡Y NO OS OLVIDÉIS DE MI LLAVE PERDIDA, LA CÁMARA DE WENDA, EL HUESO QUE WOOF SE HA DEJADO POR AHÍ, EL PERGAMINO OLVIDADO DE BARBABLANCA Y LOS PRISMÁTICOS DE ODLAW!
D1063712

EXPOSICIÓN 1 – EL EMBROLLO PICTÓRICO DE ODLAW
¡CARAY, AMIGOS! ¡MENUDO EMBROLLO! ¿ALGUNA VEZ HABÍAS VISTO
TANTAS RAYAS AMARILLAS Y NEGRAS EN UN MISMO SITIO? ¡QUÉ
PASADA! ESTAMOS EN EL MUSEO DE ARTE DE ODLAW, Y MIRA LO
QUE LLEVAN SUS SECUACES: 30 RETRATOS DE LO MÁS PECULIARES
EN UNOS MARCOS RARÍSIMOS. ¿SERÁ POSIBLE? A LO LARGO DE
LAS EXPOSICIONES DE ESTE LIBRO IRÁS ENCONTRANDO A ESTA
COLECCIÓN DE PERSONAJES RETRATADOS. ¿HAS LOGRADO
LOCALIZAR ALGUNO EN MEDIO DE TODO EL LÍO DE GENTE
APELOTONADA? PUES A VER SI LOS ENCUENTRAS.
¡BUENA SUERTE EN LA BÚSQUEDA! ¡MENUDO CUADRO!

EXPOSICIÓN 2 – VIDA DEPORTIVA
AMIGOS BUSCADORES INFATIGABLES, OS DOY LA BIENVENIDA A MI INFORMATIVO ESPECIAL DESDE MUNDO DEPORTE. ¡FANTÁSTICO! AQUÍ CADA DÍA ES UNA OLIMPIADA, PERO CON TANTOS ACONTECIMIENTOS ATLÉTICOS, NO QUEDA NI UN MINUTO PARA EL DESCANSO Y EL RELAX. PERO NO HAY NADA DEMASIADO ESTRESANTE PARA NUESTROS AMIGOS DE ¡A LA CAZA DEL CUADRO ESCONDIDO!, ASÍ QUE OJO AVIZOR Y TENED BIEN PREPARADOS LOS MARCOS. EN SUS MARCAS, LISTOS, ¡YA!
SAUNA

2+1=3
SOS!!

EXPOSICIÓN 3 –
MARINEROS MARRONES
Y ASALTANTES VERDES
¿QUÉ SON ESTAS CRIATURAS ALADAS, CAMARADAS BUSCADORES? DRAGONES A GOGÓ, BARCOS POR LOS AIRES, Y EN CUANTO A LOS GLOBOS... ¡UNA AUTÉNTICA PESADILLA NUMÉRICA! ¡LEVAD LAS ANCLAS!

EXPOSICIÓN 4 –
MÁS MARINEROS MARRONES
Y ASALTANTES VERDES
¿OTRA VEZ CON EL AGUA AL CUELLO, AMIGOS? ¿LA
MISMA IMAGEN REPETIDA? SI TE FIJAS BIEN,
VERÁS QUE NO SON IGUALES DEL TODO. ¡VAYA!
¡SORPRENDENTE!, ¿VERDAD? ¿SABRÁS
HALLAR LAS 20 DIFERENCIAS?

EXPOSICIÓN 5 – GRAN FIESTA EN PSICODELIA ROSA
LA NOCHE DEL SÁBADO, LA TEMPERATURA SUBE Y PARECE QUE UN CAOS MUSICAL Y UN ARREBATO DE FIEBRE DISCOTEQUERA SE APODERA DE ESTA EXTRAVAGANTE SALA DE FIESTAS. ¡INCREÍBLE! ROQUEROS, SALSEROS, CONGUEROS Y HIP-HOPEROS SE AMONTONAN EN LA SALA PSICODELIA ROSA PARA PONER A PRUEBA SUS HABILIDADES. ¡ADELANTE, DEMUESTRA QUE TÚ TAMBIÉN SABES MOVER EL ESQUELETO! ¿SABRÁS SEGUIR EL RITMO DE ¡A LA CAZA DEL CUADRO ESCONDIDO!?

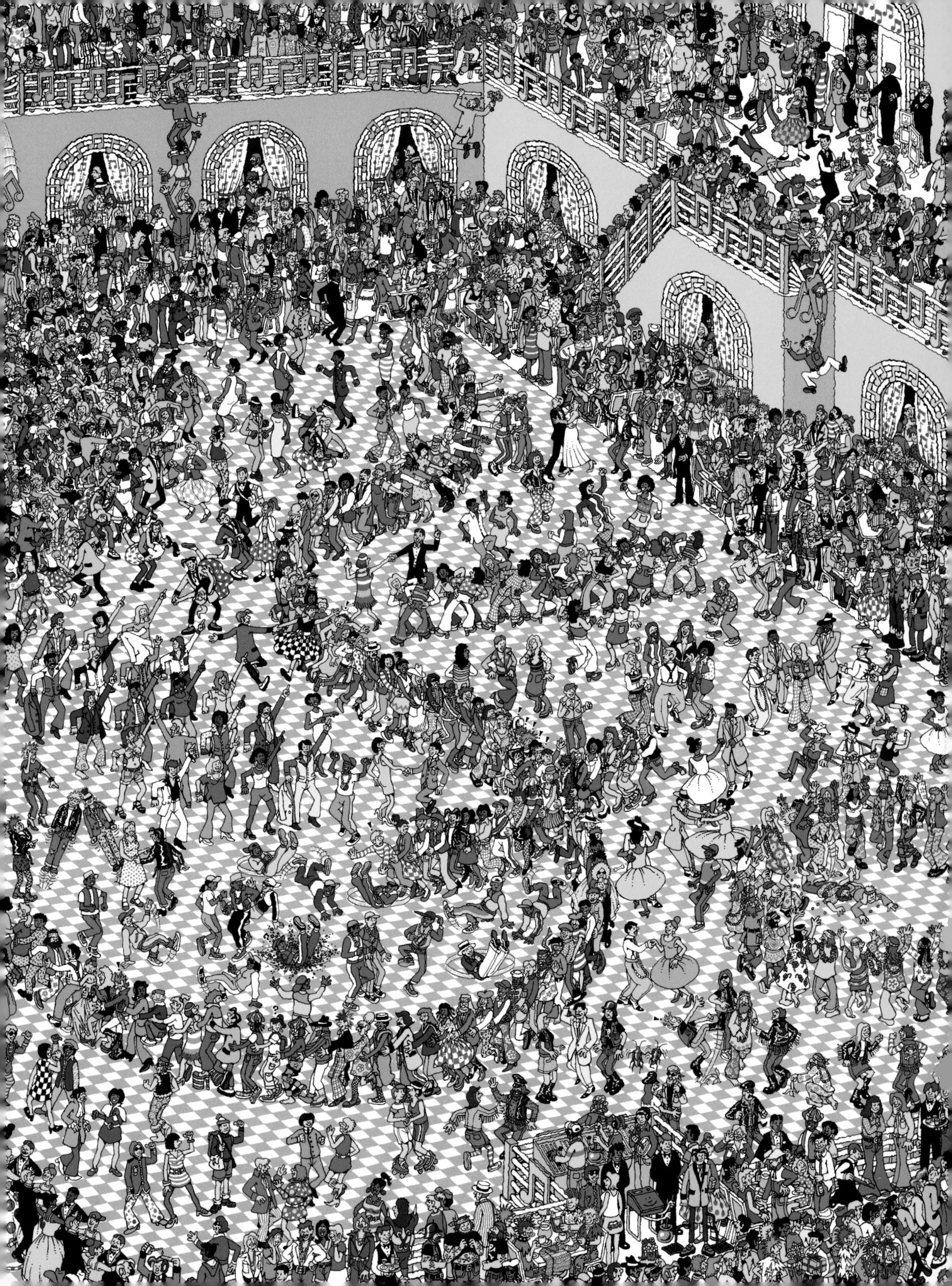

EXPOSICIÓN 6 – VIEJOS AMIGOS
¡AH, MIS ARTÍSTICOS SABUESOS! ¡QUÉ NOSTALGIA ME EMBARGA AL REVISAR MIS ÁLBUMES DE RECUERDOS! ÉSTA ES UNA DE MIS PÁGINAS PREFERIDAS: UN COLLAGE REALIZADO CON PERSONAJES DE MIS PRIMERAS AVENTURAS. ¡FANTÁSTICO!, ¿VERDAD? HASTA PARA LOS MÁS FANÁTICOS BUSCAWALLYS COMO VOSOTROS SERÁ TODO UN DESAFÍO IDENTIFICAR A LOS VIEJOS AMIGOS QUE HAN ACUDIDO A MI LLAMADA. POR ESO OS PROPONGO UN JUEGO MÁS FÁCIL: INTENTAD ENCONTRAR EN EL DIBUJO CADA UNA DE LAS CARAS DE LOS CIRCULITOS DEL MARCO.

EXPOSICIÓN 7 – MÁS VIEJOS AMIGOS
SIEMPRE ES AGRADABLE QUE LOS AMIGOS TE HAGAN UNA
VISITA... ESTA PÁGINA SE LLAMA MÁS VIEJOS AMIGOS
PORQUE SE TRATA PRECISAMENTE DE ESO: UNOS CUANTOS
AMIGOS DE LA PÁGINA CONTIGUA JUNTOS, AUNQUE SÓLO
SE LES VE LA SILUETA ENMARCADA. Y PARA QUE TODO ELLO
RESULTE MÁS INTERESANTE, ALGUNOS DE ELLOS ESTÁN
COLGADOS DEL REVÉS O DE LADO. ASÍ QUE... ¡ADELANTE
(Y TAMBIÉN ARRIBA, ABAJO Y DE LADO), MIS ARRIESGADOS
RASTREADORES!

EXPOSICIÓN 8 – UNA OBRA DE ARTE MONSTRUOSA
¡CARAMBA, CARAMBITA, CARAMBOLA! ¡ESTOY PERDIDO EN EL REINO DE LOS MONSTRUOS! ¡UNA AUTÉNTICA MONSTRUOSIDAD! CON TANTOS GUERREROS DESPERDIGADOS, ES IMPOSIBLE SABER QUIÉN ESTÁ AL MANDO. SEGURAMENTE SERÁ QUIEN MENOS LO PARECE... PERO NO DEJES QUE ESTE GALIMATÍAS TE DESMARQUE: ESTOY CONVENCIDO DE QUE SABRÁS PONER TODO TU ARTE EN ENCONTRAR ALGUNOS DE LOS RETRATOS QUE FALTAN.

EXPOSICIÓN 9 – MUNDO WALLY
¡VAYA! ¡ESTO SÍ QUE ES UN AUTÉNTICO GUIRIGAY, PESQUISONTES! NO ES SÓLO UN UNIVERSO DE WALLYS, SINO TAMBIÉN DE BARBABLANCAS, WENDAS, WOOFS Y UNA EXTRAÑA MEZCOLANZA DE ODLAWS. ¡JOPETA! PERO SI TE FIJAS BIEN, ENTRE TODOS ELLOS SÓLO HAY UN AUTÉNTICO WALLY, Y LO MISMO OCURRE CON SUS AMIGOS. Y RECUERDA QUE PARA SABER SI SON LOS PERSONAJES GENUINOS, TIENES QUE FIJARTE EN QUE LAS RAYAS SEAN CORRECTAS. ¡AFINA LA VISTA Y NO PIERDAS LA LÍNEA! ¿PODRÁS LOCALIZAR A LOS VERDADEROS?

EXPOSICIÓN 10 – MÁS MUNDO WALLY
¡NO OS ARREDRÉIS ANTE ESTA FRENÉTICA Y FRENOPÁTICA IMAGEN, QUERIDOS LECTORES! LAS APARIENCIAS ENGAÑAN. DE HECHO, SEGUIMOS SIENDO LOS MISMOS DE ANTES, PERO HAY 20 DIFERENCIAS QUE NOS DISTINGUEN DE LA PÁGINA DE LA IZQUIERDA. ¿SERÁS CAPAZ DE ENCONTRARLAS? POR CIERTO, SI NO HAS CONSEGUIDO LOCALIZAR AL GENUINO WALLY, COMPRUEBA CÓMO ES EN LA PÁGINA 3, JUSTO ENCIMA DE LA LLAVE.

EXPOSICIÓN 11 – PANORAMA PIRATA
¡VOTO A BRÍOS, MARINEROS! ¿QUÉ PIRADO PANORAMA PIRATA ES ÉSTE? ¡CARAY! ¡NO VEAS! HE SURCADO LOS SIETE MARES EN BUSCA DE LOS PERSONAJES RETRATADOS, Y AHORA QUE MI MISIÓN CASI HA CONCLUIDO ESPERO QUE ESTOS FILIBUSTEROS NO LOS PASEN POR LA QUILLA. SEGURO QUE LOS NÁUFRAGOS PREFIEREN QUEDARSE EN SU ISLA DESIERTA A ENFRENTARSE CON LOS BÁRBAROS BUCANEROS. ¡AL ABORDAJE!

C

EXPOSICIÓN 12 – GRAN EXPOSICIÓN DE RETRATOS
NUESTRO VIAJE CASI HA TERMINADO, COLECCIONISTAS DE ARTE, Y ¡MENUDO FINAL!: UNA GRAN EXPOSICIÓN EN UN MUSEO DE LOS DE VERDAD. ¡QUÉ PASADA! EL PÚBLICO DE LA GALERÍA PARECE BASTANTE MÁS CORDIAL QUE EL EXTRAÑO GRUPITO DE ODLAW. TAMBIÉN ME SIENTO SUMAMENTE SATISFECHO DE QUE LOS 30 PERSONAJES QUE HEMOS IDO BUSCANDO A LO LARGO DEL LIBRO SE HAYAN REUNIDO EN ESTA SALA. ¿SERÁS CAPAZ DE ENCONTRARLOS ENTRE LA MUCHEDUMBRE? ESPERO QUE TAMBIÉN LOS HAYAS LOCALIZADO EN LAS PÁGINAS ANTERIORES. SI NO LO HAS CONSEGUIDO, TIENES MUCHO TIEMPO PARA SUPERAR EL RETO: ¡NO TE RINDAS! ¡NUESTRA EXPOSICIÓN NO TIENE HORARIOS!

¿DÓNDE ESTÁ WALLY?

¡A LA CAZA DEL CUADRO ESCONDIDO!

RETOS Y RESPUESTAS

¡Grandes retos para los buscawallys más avezados!

EXPOSICIÓN 1 – EL EMBROLLO PICTÓRICO DE ODLAW

- [ ] 1 pirata pielverde
- [ ] 2 fantasmas falsos
- [ ] 5 momias
- [ ] 1 dedo vendado
- [ ] 2 arañas
- [ ] 2 tibias y 1 cabeza
- [ ] 1 flor que cae
- [ ] 2 ositos tatuados
- [ ] 1 gato negro
- [ ] El sol
- [ ] 8 sombreros de bruja a rayas
- [ ] 14 escaleras
- [ ] 12 buitres
- [ ] 2 tibias y 1 calavera del revés
- [ ] 4 brujas volando
- [ ] Unas gafas de sol en forma de corazón
- [ ] 3 cascos acabados en pincho
- [ ] 1 vampiro sorprendido y sin colmillos
- [ ] 1 pajita para refresco
- [ ] 1 pirata espachurrado

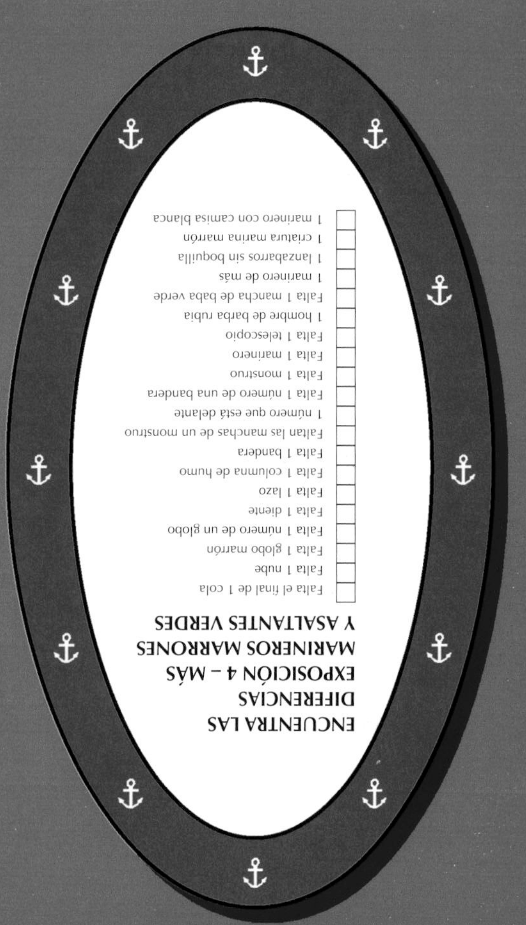

ENCUENTRA LAS DIFERENCIAS EXPOSICIÓN 4 – MÁS MARINEROS MARRONES Y ASALTANTES VERDES

- [ ] Falta el final de 1 cola
- [ ] Falta 1 nube
- [ ] Falta 1 globo marrón
- [ ] Falta 1 número de un globo
- [ ] Falta 1 diente
- [ ] Falta 1 lazo
- [ ] Falta 1 columna de humo
- [ ] Falta 1 bandera
- [ ] Faltan las manchas de un monstruo
- [ ] 1 número que está delante
- [ ] Falta 1 número de una bandera
- [ ] Falta 1 monstruo
- [ ] Falta 1 marinero
- [ ] Falta 1 telescopio
- [ ] 1 hombre de barba rubia
- [ ] Falta 1 mancha de baba verde
- [ ] 1 marinero de más
- [ ] 1 lanzabarros sin boquilla
- [ ] 1 criatura marina marrón
- [ ] 1 marinero con camisa blanca

EXPOSICIÓN 2 – VIDA DEPORTIVA

- [ ] Tiro al 1
- [ ] 1 centauro
- [ ] 1 cancha de voley
- [ ] 1 as tenístico
- [ ] La bella salvando a un bestia
- [ ] 1 cuatro remojado
- [ ] 1 potro indignado
- [ ] 1 vía rápida
- [ ] 4 futbolistas matemáticos
- [ ] 1 murciélago bateador
- [ ] Saltamontes bailarines
- [ ] 1 pera patinadora
- [ ] 1 plancha hinchable
- [ ] 1 luchador quejica
- [ ] 1 cristal con poco futuro
- [ ] 1 grafitero bromista
- [ ] El que roba la base
- [ ] 1 carcaj flotante
- [ ] 1 té campestre
- [ ] Sombras luchadoras

EXPOSICIÓN 5 – GRAN FIESTA EN PSICODELIA ROSA

- [ ] 2 rayas con patines
- [ ] Unas copas en equilibrio
- [ ] Unos pantalones de campana
- [ ] 1 lubina a la espalda
- [ ] 1 accidente con un collar
- [ ] 1 mesa de mezclas
- [ ] 2 puertas de servicio
- [ ] 1 corro de papel
- [ ] 1 break-dance de rompe y rasga
- [ ] 1 disc-jockey
- [ ] 1 astro supermillonetis
- [ ] 1 pez cantante
- [ ] 1 bici-roquero
- [ ] Unos zapatos de plataforma
- [ ] 1 disputa por una silla
- [ ] 2 peinados de colmena
- [ ] 1 teclista con tres brazos
- [ ] 2 cucarachas bailarinas
- [ ] Oliver Twist
- [ ] El Zorro